パーディとフェリシティに、

愛とキスをこめて。

The Fairy House : Fairy Sleepover
by Kelly McKain

ひみつの妖精《ようせい》ハウス

真《ま》夜《よ》中《なか》のおとまり会《かい》

The Fairy House

ケリー・マケイン 作

田中亜希子 訳

まめゆか 絵

ポプラ社

もくじ

みんな、元気《げんき》？
また会《あ》えて、うれしいな☆

わたしね、このところずっと、
夢《ゆめ》を見《み》ているような気分《きぶん》なの。

だって……ほんものの妖精《ようせい》と友《とも》だちになったんだもん。
しかも、わたしのドールハウスにすんでるんだよ！

ね？ びっくりでしょ？

わたしもびっくり。今《いま》もまだしんじられないくらい。
でもね、ほんとのことなんだ。

友《とも》だちの名前《なまえ》は、ブルーベル、デイジー、
サルビアに、スノードロップ。

妖精《ようせい》をしんじてる人《ひと》には、
ちゃんとすがたが見《み》えるんだって。

みんなにも、きっと、見《み》えるよね☆

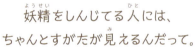

人物紹介《じんぶつしょうかい》

ピュア

ロンドンから来《き》た女《おんな》の子《こ》。
妖精《ようせい》をしんじていて、
夢見《ゆめみ》ることがすき。
新《あたら》しい家《いえ》にママとすんでいる。

Bluebell

ブルーベル

元気《げんき》いっぱいの春《はる》の精《せい》。
うれしいのもかなしいのも、
すぐ顔《かお》にでちゃう！

Daisy

デイジー

心《こころ》やさしい夏《なつ》の精《せい》。
いつもみんなを見守《みまも》って
いる、お姉《ねえ》さん的存在《てきそんざい》。

Salvia

サルビア

しっかりものの秋《あき》の精《せい》。
自分《じぶん》の意見《いけん》をはっきりいう
タイプ。ピアノが得意《とくい》。

Snowdrop

スノードロップ

はずかしがりやの冬《ふゆ》の精《せい》。
ふだんはおとなしいけれど、
実《じつ》はいちばんの大物《おおもの》？

妖精《ようせい》ハウス

オークの木《き》の下《した》に
おいてある、ピュアの
ドールハウス。
妖精《ようせい》たちがすんでいる。

第1章

ピュアだけのひみつ

土曜日《どようび》のお昼前《ひるまえ》のこと。ママと買《か》い物《もの》にでていたピュアは、おちつかない気分《きぶん》で帰《かえ》ってきました。家《いえ》につくなり、買《か》ってきたものを大急《おおいそ》ぎでかたづけます。

「ちょっとあそびに行《い》ってくるね！」

「あら、おやつはいいの？　クッキーを買《か》ってきたのに」

「あ、うん、今《いま》はいいよ。あとで食《た》べる。じゃあね。いってきます！」

ピュアはそういうと、家《いえ》からとびだしました。裏庭《うらにわ》の芝《しば》をつっきって、昼顔《ひるがお》のつるにすっかりおおわれた針金《はりがね》のフェンスをくぐりぬけます。

そこから先《さき》は、草《くさ》がしげる野原《のはら》です。長《なが》い草《くさ》や黄色《きいろ》いタンポポをかきわけながら、ピュアは走《はし》りました。

この小《ちい》さな野原《のはら》は、新《あたら》しい住宅地《じゅうたくち》のなかでゆいいつ、手《て》つかずの自然《しぜん》がのこっている場所《ばしょ》です。二か月前《げつまえ》、今《いま》の家《いえ》にひっこしてきてすぐ、ピュアはこの野原《のはら》を見《み》つけて、ひとりで来《く》るようになりました。ほかの人《ひと》がやってきたことは、ほとんどありません。ですから、この野原《のはら》はピュアにとって、とっておきの「わたしの場所《ばしょ》」です。

今《いま》は夏《なつ》まっさかり。あざやかな青空《あおぞら》のもと、鳥《とり》がうたい、ミツバチが羽音《はおと》をたて、チョウがゆうがにまっています。野原《のはら》に立《た》つ大《おお》きなオークの木《き》が、ゆったりとした緑《みどり》の屋根《やね》をつくっています。その

下《した》には、カラフルでとびきり美《うつく》しい、小《ちい》さな家《いえ》がおいてありました。〈妖精《ようせい》ハウス〉です。

もとはピュアが買《か》ってもらったドールハウス。ある夜《よる》、オークの木《き》の下《した》におきっぱなしにしてしまい、翌朝《よくあさ》とりにもどると……なかに四人《にん》の妖精《ようせい》がすんでいるではありませんか。

ピュアはびっくりしました。妖精《ようせい》の存在《そんざい》はしんじていましたが、こんなに近《ちか》くにいるなんて、想像《そうぞう》もしていなかったのです。

妖精《ようせい》の世界《せかい》〈フェアリーランド〉からやってきた四人《にん》は、ブルーベル、デイジー、サルビア、スノードロップといいます。はじめてであったとき、ピュアは小《ちい》さなすがたを目《め》の前《まえ》にしながらも、すぐにはほんとうだとは思《おも》えませんでした。

それから、ピュアと四人《にん》はけんかわかれしそうになりましたが、どうにかこんなんをのりこえることができました。そのとき、ピュアは友情《ゆうじょう》のしるしとして、ドールハウスを妖精《ようせい》たちの新《あたら》しい家《いえ》にしたのです。

ピュアが妖精《ようせい》ハウスの前《まえ》までかけていくと、四人《にん》は外《そと》にひっぱりだしたバスタブのなかに立《た》っていました。

なにをしてるんだろう？

ピュアは首《くび》をかしげました。なにしろ、バスタブのなかにはあざやかなピンク色《いろ》の水《みず》がはってあり、四人《にん》はひざまでつかりながら、元気《げんき》よくバチャバチャ足《あし》ぶみをしていたのです。

「ねえ、みんな、いったいどうしたの？」

「ああ、これ？　あたしたち、ジュースをつくってるの！　野《の》イチゴをつぶしてるのよ」

まっ赤《か》な髪《かみ》をした秋《あき》の精《せい》、サルビアがこたえました。

「どうやら、野《の》イチゴをふんでくれる足《あし》が二本《ほん》、ふえそうだね！」

水色《みずいろ》の髪《かみ》にキラキラの目《め》をした春《はる》の精《せい》、ブルーベルがせっせと足《あし》ぶみしながら、さけびました。ブルーベルは四人《にん》のなかでいちばん思《おも》いきりがよくて、（今《いま》のところ）いちばんのいたずら好《ず》きです。

ピュアはにっこり笑顔《えがお》をかえすと、そっと妖精《ようせい》ハウスの前《まえ》でしゃがんで、小《ちい》さな玄関《げんかん》のドアノブに小指《こゆび》をのせました。ドアノブにはあらかじめ、ブルーベルが魔法《まほう》の粉《こな》〈フェアリーパウダー〉をふりかけてくれています。

「妖精《ようせい》をしんじます……妖精《ようせい》をしんじます……妖精《ようせい》をしんじます！」

そうとなえたとたん、ピュアは頭《あたま》のてっぺんがチリチリしました。つづいて、ボン！　という音《おと》。まわりにあるものが、なにもかも、どんどん大《おお》きくなっていきます。でもほんとうはもちろん、ピュアの体《からだ》が小《ちい》さくなっているのです。

ちぢむのが止《と》まったとき、ピュアは妖精《ようせい》たちと同《おな》じ大《おお》きさになっていました。

「ピュアもやってみて！　おもしろいよ！」

やさしい夏《なつ》の精《せい》、デイジーがよびかけます。

ピュアはすぐさまくつをぬぎすて、ジーンズのすそをまくりあげると、ピンク色《いろ》のジュースが入《はい》ったバスタブに足《あし》をふみいれました。

おとなしい冬《ふゆ》の精《せい》、スノードロップとブルーベルのあいだに立《た》って、ふたりとかたをくみます。それから、みんなのまねをして、足《あし》ぶみをはじめました。

野《の》イチゴの実《み》が、足《あし》でふむたびにどんどんつぶれ、あまずっぱい、うれたかおりがたちのぼってきます。

「わあ、おもしろい！　でも、こんなにたくさんつくって、どうするの？」

ピュアがたずねると、スノードロップがこたえてくれました。

「野《の》イチゴのジュースは、いろんなことにつかえるんです。布《ぬの》をそめたり、香水《こうすい》にしたり。なんといっても、のめますから」

「えー、やっぱり、のむの⁉　それはちょっとやだなあ。だって、足《あし》でつぶしてつくったジュースだよ」

とたんに、四人《にん》が声《こえ》をあげてわらいます。やがてサルビアがいいました。

「妖精《ようせい》の足《あし》はせいけつだから、だいじょうぶよ。まあ、ブルーベルの足《あし》だけは、べつだけど。だって……くさいもんね！」

「くさくなんてないもん！　くさいのは、サルビアの足《あし》でしょ！　いじわる！」

「あたしの足《あし》は、くさくないわよ！」

ふたりのいつものけんかが、またはじまりそうです。ピュアはあわてて話題《わだい》をかえました。

「ねえ、みんな、リリー・ローズのこと、おぼえてる？」

「もちろん！　あの感《かん》じのいい子《こ》でしょ？」

デイジーがこたえると、ほかのみんなもにこにこしながらうなずきました。

リリー・ローズとのであいは、先日《せんじつ》のポニーの競技会《きょうぎかい》にさかのぼります。

一週間前《しゅうかんまえ》、ピュアはいじわるなクラスメイト、ティファニーの挑戦《ちょうせん》をうけ、競技会《きょうぎかい》にでることになりました。けれどピュアはポニーにのったことがありません。そこで妖精《ようせい》たちのたすけをかりて、フェアリーパウダーで命《いのち》をふきこんだおもちゃのポニーにのって、れんしゅうしたのです。競技会《きょうぎかい》の本番《ほんばん》、ピュアはブラックという名《な》のほんもののポニーにのって、みごと優勝《ゆうしょう》！　そのブラックを気《き》に入《い》って自分《じぶん》のポニーにしたのが、リリー・ローズです。ピュアとリリー・ローズは、すぐに友《とも》だちになりました。

妖精《ようせい》たちの笑顔《えがお》を見《み》てうれしくなったピュアは、さらに話《はなし》をつづけました。

「あのね、リリー・ローズがこんや、うちに来《く》るの！　パジャマパーティーをするんだよ。すごいでしょ！」

「わあ！」

「やったね！」

「楽《たの》しそう！」

「すごいすごい！」

四人《にん》が口《くち》ぐちにさけびます。

ピュアはにんまりして、いいました。

「ねえ……ほんとは、パジャマパーティーがなんなのか、知《し》らないんでしょ？」

すると、四人《にん》がはずかしそうにうなずきました。人間《にんげん》の世界《せかい》では、わからないことがまだまだあるのです。

「えっとね、パジャマパーティーっていうのは、

なかよしの子《こ》がひと晩《ばん》とまりにきて、ゲームをしたり、夜中《よなか》におかしを食《た》べたり、ひみつをうちあけあったりするの。わたしたちは、庭《にわ》にテントをはって、そこでパジャマパーティーをするつもり」

これをきいた妖精《ようせい》たちは、声《こえ》をそろえて、こんどこそ心《こころ》からいいました。

「すてき!」

「わたし、妖精《ようせい》のナイトライトをもっていってあげる。まっくらだと、ちょっとこわいかもしれないでしょ?」とデイジー。

「あと、サルビアとうちは、かけぶとんをもっていくよ。そしたら、みんなでいっしょにねむれるし!」とブルーベル。

パジャマパーティーに参加《さんか》する気《き》まんまんのふたりのことばをき

いて、ピュアの心《こころ》はしずみました。

パジャマパーティーのことを話《はな》したら、妖精《ようせい》たちも来《き》たがるにきまっています。でも、もちろん、来《く》ることはできません。ピュア以《い》外《がい》の人間《にんげん》に妖精《ようせい》たちの存在《そんざい》を知《し》られてはいけないからです。知《し》られたりしたら、四人《にん》がどんなきけんなめにあうか、わかりません。

もっとちがういいかたで、うまくせつめいすればよかった……。みんなにわるいことをしたなあ。

こまってしまったピュアは、野《の》イチゴをふむのをやめて、バスタブのふちにどさっとすわりこみました。

「パーティーのとき、みんなであそぶのにぴったりのゲームがあります！　やりかたは――」

スノードロップがそういいかけたのを、ピュアがさえぎりました。

「あのね、みんなに来《き》てほしくないってわけじゃないの。ただ……その……」

ピュアは思《おも》わず足《あし》もとに目《め》をおとしました。自分《じぶん》を見《み》つめる四人《にん》の視線《しせん》が感《かん》じられます。

「つまり、わたし以外《いがい》のだれにも、みんなのすがたを見《み》られたくないの……」

「でも、リリー・ローズみたいな子《こ》なら、あたしたちのことを見《み》ても、だれにも話《はな》さないいんじゃ……」

サルビアが食《く》いさがるので、ピュアはきびしい目《め》をみんなにむけて、いいました。

「いくらリリー・ローズがいい子《こ》でも、知《し》られちゃだめ！　きけんなめにあうかもしれないし、〈任務《にんむ》〉もはたせなくなるかもしれないんだよ？」

〈任務《にんむ》〉というのは、妖精《ようせい》が自然《しぜん》を守《まも》るためにおこなうだいじな仕《し》事《ごと》のこと。今《いま》、妖精《ようせい》の世界《せかい》と人間《にんげん》の世界《せかい》をつなぐたいせつなオークの木《き》が、切《き》りたおされる計画《けいかく》がたてられています。四人《にん》はこの木《き》を守《まも》る〈任務《にんむ》〉をはたすため、人間《にんげん》の世界《せかい》にやってきたのです。自分《じぶん》たちのためにはもちろん、妖精《ようせい》と人間《にんげん》のためにも、やりとげなければなりません。

ところが、四人《にん》はピュアに〈任務《にんむ》〉のことをいわれても、ひきさがるつもりはないようでした。

スノードロップがいいます。

「妖精《ようせい》の女王《じょおう》さまからいただいた指令書《しれいしょ》に、わたしたちの存在《そんざい》をだれにも知《し》られてはいけないとは、書《か》かれていません」

それから、花《はな》びらでできたスカートから、くるくる丸《まる》めてある紙《かみ》をとりだすと、ひらいて読《よ》みあげました。

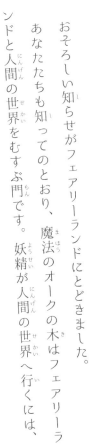

妖精《ようせい》の女王《じょおう》による指令書《しれいしょ》

〈任務《にんむ》〉第《だい》四五八二六番《ばん》

おそろしい知《し》らせがフェアリーランドにとどきました。

あなたたちも知《し》ってのとおり、魔法《まほう》のオークの木《き》はフェアリーランドと人間《にんげん》の世界《せかい》をむすぶ門《もん》です。妖精《ようせい》が人間《にんげん》の世界《せかい》へ行《い》くには、

〈魔法《まほう》のきらめく風《かぜ》〉にのってその門《もん》を通《とお》るしか方法《ほうほう》はありません。

ところが、オークの木《き》を切《き》りたおして家《いえ》をたてようとする人間《にんげん》が、あらわれたのです。そのようなことになれば、妖精《ようせい》は人間《にんげん》の世界《せかい》へ行《い》って自然《しぜん》を守《まも》ることができなくなります。

一部《いちぶ》の人間《にんげん》がそのようなおそろしいことをしないよう、あなたたちが止《と》めなさい。そして、この先《さき》ずっと、オークの木《き》がかならず守《まも》られるようにするのです。

以上《いじょう》が、あなたたちの〈任務《にんむ》〉です。

この〈任務《にんむ》〉をはたしたときだけ、フェアリーランドへ帰《かえ》ることをゆるします。

妖精《ようせい》の女王《じょおう》

追伸《ついしん》　さまざまな誕生石《たんじょうせき》をあつめなさい。
オークの木《き》をすくう魔法《まほう》をはたらかせてくれるでしょう。

指令書《しれいしょ》を読《よ》みおわったスノードロップは、かた手《て》をこしにあて、

「ほら、書《か》いていないでしょう？」といいました。

ピュアはふうっと息《いき》をはきだして、いいました。

「うん……でも、きけんをおかすことはできないよ。わたしたち、今《いま》のところ、すごくうまくやってるよね？　誕生石《たんじょうせき》を四つも手《て》に入《い》れたし、オークの木《き》を切《き》りたおそうと計画《けいかく》しているのは、ティファニーのお父《とう》さん、マックス・タウナーさんだってこともつきとめたし。たとえば、もしリリー・ローズが口《くち》をすべらせて、みんなのことをだれかひとりにでもしゃべったら、どうするの？」

「どうするって？　べつにひとりくらい、かまわないわ」

サルビアがむすっとしていいます。

「でも、そのひとりがべつの人《ひと》にしゃべって、その人《ひと》がまたべつの人《ひと》にしゃべって、その人《ひと》がティファニーにしゃべって、お父《とう》さんのタウナーさんにも知《し》られちゃったら？　それで、タウナーさんがみんなをつかまえて、オークの木《き》を切《き》りたおしてしまったら？　〈任《にん》務《む》〉は失敗《しっぱい》。妖精《ようせい》の世界《せかい》も人間《にんげん》の世界《せかい》もすくえない。それってつまり……」

四人《にん》がぞっとして目《め》を見《み》ひらきます。妖精《ようせい》は人間《にんげん》の世界《せかい》で季節《きせつ》のうつりかわりや植物《しょくぶつ》が育《そだ》つのを、たすけています。ですから、人間《にんげん》の世界《せかい》に来《こ》られなくなって、しごとができなくなるのはこまりますし、人間《にんげん》だって、妖精《ようせい》が来《こ》なくなると、たとえば畑《はたけ》の作物《さくもつ》が育《そだ》たなくなって、たちまちこまってしまうのです。

ピュアのことばをきいて、四人《にん》はだまりこみました。

イライラがつのったブルーベルが、野《の》イチゴジュースにひたっているかた足《あし》をバシャン！　とふみしめました。おかげでとびちったジュースがみんなにかかります。

「うちはどうだっていいもん。パジャマパーティーなんて、バカみたいで、つまらなそうだもんねーだ！」

デイジーとサルビアとスノードロップは、いっそうくらい顔《かお》をしています。

ピュアはサルビアをひじでつついて、わらわせようとしました。

「ねえ、元気《げんき》だして。リリー・ローズが家《いえ》に来《く》るまで、まだ時間《じかん》あるから、みんなで、誕生石《たんじょうせき》を手《て》に入《い》れる方法《ほうほう》を考《かんが》えてみない？」

けれども、サルビアがむすっとしていいました。

「そういう気分《きぶん》じゃないの。あたし、ピアノをひくことにするわ」

羽《はね》をはばたかせ、足《あし》からジュースをしたたらせながら、サルビアがふわりと宙《ちゅう》にうかびます。それから妖精《ようせい》ハウスにむかって、とんでいきました。ブーンというするどい羽音《はおと》から、いかりがつたわってきて、ピュアは心《こころ》のなかでため息《いき》をつきました。

するとブルーベルも、サルビアにまけじとばかりに、バスタブからとびたちました。オークの木《き》の枝《えだ》に両足《りょうあし》をひっかけて、だらんとさかさにぶらさがると、思《おも》いきりすねた顔《かお》をしています。

ピュアは、いつもやさしくほがらかなデイジーのほうをふりかえりました。ところがそのデイジーでさえ、バスタブをでて草《くさ》の上《うえ》をドスドス歩《ある》き、手作《てづく》りのハンモックにすっぽりくるまりました。

「つまり、おこってないのは、スノードロップだけってことだね」

ピュアはみんなにいらだちながら、背《せ》をむけているスノードロップのスカートをくいっとひっぱりました。

けれども、スノードロップはきこえないふりをして、へんじもしなければ、ふりむきもしません。野《の》イチゴジュースを小《ちい》さなびんにせっせとそそいでいます。

ピュアはかっとなりました。

みんなでわたしにつめたくして、むしするなんて、ひどい！

「四人《にん》とも、そうやっておこってれば？　もう知《し》らないから！」

ピュアはバスタブからとびだして、妖精《ようせい》ハウスまで走《はし》っていくと、

ドアノブに手《て》をかけ、小声《こごえ》で魔法《まほう》のことばをとなえました。体《からだ》がもとの大《おお》きさにもどるとすぐ、家《いえ》へとかけだします。さっきまでの楽《たの》しい気分《きぶん》はすっかりきえていました。

★第2章★

今夜《こんや》はパジャマパーティー！

針金《はりがね》フェンスをくぐって裏庭《うらにわ》にもどると、ママが外《そと》のテーブルで新《あたら》しい絵《え》のためのスケッチをかいていました。

「おかえりなさい、ピュア。それ……どうしたの!?」

ピュアがジーンズを見《み》おろすと、ピンク色《いろ》の大《おお》きなしみができていました。上《うえ》までまくらなかったせいで、野《の》イチゴジュースがついてしまったのです。ピンク色《いろ》のしみを見《み》て、ピュアはかなしくなりました。けんかをする前《まえ》の、楽《たの》しかったひとときを思《おも》いだしたからです。

ママには、しみができたほんとうの理由《りゆう》を話《はな》せません。魔法《まほう》で小《ちい》さくなって、ミニチュアのバスタブに入《い》れた野《の》イチゴを、妖精《ようせい》たちとなかよくふみつぶしていたからだなんて、しんじてもらえないでしょう。

ですから、しかたなく、ピュアはこういいました。

「自分《じぶん》の部屋《へや》で絵《え》をかいていたときにでも、絵《え》の具《ぐ》をつけちゃったんだと思《おも》う」

「それ、おちないかもしれないわよ～」

ママはそういっておどかしたものの、自分《じぶん》が画家《がか》で、しょっちゅう絵《え》の具《ぐ》のしみだらけになっているので、あまり気《き》にしていないようでした。

「ほら、すぐにきがえるといいわ」とママにいわれて、ピュアは二階《かい》の自分《じぶん》の部屋《へや》へ行《い》きました。すると、さらにママの声《こえ》がとんできました。

「部屋《へや》をかたづけたらお昼《ひる》よ！　そのあとパジャマパーティー用《よう》のテントをはるの、てつだうわね！」

ピュアは妖精《ようせい》たちとけんかをしたことをまだひきずっていましたが、パジャマパーティーのことを考《かんが》えて、すこし元気《げんき》をとりもどしました。お昼《ひる》ごはんのあと、ほぼできあがったテントがひしゃげた形《かたち》だったときには、クスクスわらえるまでになりました。

「こんにちは！」

さいごのペグを地面《じめん》にうちこみおわって、テントが完成《かんせい》したとき、玄関《げんかん》のほうから声《こえ》がしました。リリー・ローズが家《いえ》についたのです。

「いらっしゃい！　まってたよ！」

「ようこそ。こんやはたくさん楽《たの》しんでね」

ピュアとママはリリー・ローズをなかにまねきいれました。

「おじゃまします。きょうはほんと、楽《たの》しみです！」とリリー・ローズ。

にもつをピュアの部屋《へや》におくとすぐ、ふたりはママに手《て》つだってもらいながら、チョコチップクッキーづくりにとりかかりました。クッキーをやきおわったら、つめたいミルクを大《おお》きなびんに入《い》れます。これで、パジャマパーティーのごちそうの用意《ようい》ができました。

そのあと、ママに教《おそ》わって、ピュアは厚紙《あつがみ》と古《ふる》いレースのカーテンからプリンセスのぼうしをつくり、リリー・ローズはアルミホイ

ルとラメでティアラをつくりました。

午後《ごご》はまたたくまに時間《じかん》がすぎ、ピュアとリリー・ローズはテントにもっていくものを用意《ようい》しました。音楽《おんがく》をきくために、ママからかりた小《ちい》さなオーディオプレイヤー。ゲームやぬいぐるみ。ヘアブラシやヘアゴム。まだまだあります。それらをぜんぶテントにはこんで、部屋《へや》のなかのようにならべていきました。

パジャマパーティーのじゅんびは、なんて楽《たの》しいのでしょう！

けれども、ピュアは妖精《ようせい》たちとのけんかをときどき思《おも》いだし、そのたびにむねがちくりといたみました。ほんとうは、すぐにでもオークの木《き》までかけていって、なかなおりしたい気持《きも》ちでいっぱいです。

けれど、リリー・ローズをひとりおいていくことも、妖精《ようせい》たちのもとにつれていくこともできません。それに、こんな思《おも》いもありました。

どうして、わたしからあやまらないといけないの？　そもそも、むくれて、いじわるをしたのは、四人《にん》のほうなのに！

テントのなかのじゅんびがととのったので、ピュアとリリー・ローズは、裏庭《うらにわ》のテーブルで、オリジナルのめいろを紙《かみ》にかきはじめました。パジャマパーティーのときにあそぶつもりです。そのとき、ママが外《そと》にほしてあったせんたくものをとりこみにきました。きれいなシーツを両手《りょうて》でかかえながら足《あし》を止《と》め、首《くび》をかしげていきます。

「まくらカバーを四つあらったはずなのに、ひとつないわ……」

そういうと、ため息《いき》をついて、やれやれと首《くび》をよこにふりました。

「いやになっちゃう。きっとかんちがいね。もってくるときにどこかでおとしたか、洗濯機《せんたくき》のなかからとりそこなったのかも」

ピュアはクスリとわらいました。ママはしょっちゅうものをなくすので、まくらカバーがひとつないくらい、おどろくことではありません。

夕《ゆう》ごはんの時間《じかん》になりました。メニューは、ママのつくったおいしいトマトスープとチーズサンドイッチです。三人《にん》は、おしゃべりしながら、楽《たの》しく食《た》べました。

「ママ、ごちそうさま！」

「ごちそうさまでした！　あー、おいしかった！」

ごはんが終《お》わると、ピュアとリリー・ローズは階段《かいだん》をかけあがり、ピュアの部屋《へや》にとびこみました。いそいでパジャマに着《き》がえると、はだざむいので上着《うわぎ》も着《き》て、外《そと》にでるために、くつをはきます。ふたりは、顔《かお》を見《み》あわせて、クスクスわらいました。

「へんな感《かん》じ」とリリー・ローズ。

「ほんとだね。パジャマの上《うえ》に、これだもんね！」

ふたりは階段《かいだん》をかけおりて、ママにおやすみのあいさつをしました。ママが「楽《たの》しんでね。なにかあったら、すぐによぶのよ」といって、にこにこしながら見《み》おくってくれました。

ピュアとリリー・ローズは、また顔《かお》を見《み》あわせてわらうと、そのまま裏庭《うらにわ》にでて、テントに入《はい》りました。

パジャマパーティーもちものリスト

友《とも》だちと色《いろ》をあわせるとグッド!

チョコチップクッキーとミルク

CHECK《チェック》!

- □ パジャマ
- □ ごちそう
- □ ぬいぐるみ
- □ さむいときの上着《うわぎ》
- □ オーディオプレーヤー
- □ ヘアブラシ、ヘアアクセ
- □ パーティーグッズ
- □ ゲーム
- □ テント

パーティーには音楽《おんがく》がなくちゃ!

いっしょにねられる♥

手《て》づくりすると楽《たの》しい!

ティアラ

プリンセスのぼうし

手《て》づくりめいろやトランプはいかが?

いよいよパジャマパーティーのはじまりです！

ふたりは、上着《うわぎ》とくつをぬぎ、パジャマだけになりました。パーティーのために色《いろ》を合《あ》わせたので、同《おな》じピンク色《いろ》のパジャマです。昼間《ひるま》につくったプリンセスのぼうしとティアラをそれぞれかぶったとき、ピュアはいいことを思《おも》いつきました。

「ねえ、テントにいるあいだ、わたしたちふたりはプリンセスで、ここはお城《しろ》だっていうことにしない？　わたしたちはお城《しろ》にとらわれているの」

「うん、おもしろそう！　やろうやろう！」

ふとピュアは、ブルーベルたちもいっしょにいたらなあ、と思《おも》いました。みんな、こんなふうに自分《じぶん》でつくったあそびがだいすきなのです。

やっぱりいっしょにパジャマパーティーをしたかったな。

ピュアはこっそりため息《いき》をつきました。

とうとう、外《そと》がまっくらになりました。ピュアとリリー・ローズはテントのまんなかにランタンをつりさげました。

「リリー・ローズ姫《ひめ》、せめて明《あ》かりをつけて、元気《げんき》をだしましょう」

「ピュア姫《ひめ》、そうね。とらわれの身《み》でも、心《こころ》は明《あか》るくしなければ」

ふたりはわらいながら、ランタンの明《あ》かりをともして、昼間《ひるま》につくったためいろであそびました。テントのなかで、しかもプリンセスのふりをしていると、なにをやってもおもしろくてたまりません。

さんざんわらいながらあそんだあと、ピュアはテントのファスナー

をちょっとさげて、家《いえ》を見《み》てみました。

ママの部屋《へや》のまどに、明《あ》かりがともっています。

なんだか、安心《あんしん》できます。

「リリー・ローズ姫《ひめ》、そろそろねましょう」

「ピュア姫《ひめ》、それがいいわ……えーと、ここでプリンセスのふりはおしまいね！」

そこでふたりは、それぞれ

のねぶくろのなかにもぐりこみました。やわらかいランタンの明《あ》かりの下《した》で、ねぶくろはとても心地《ここち》よく、しかもすぐにぬくぬくしてきました。

ふたりはねながらおしゃべりをしました。乗馬《じょうば》のこと。リリー・ローズのポニー、ブラックのこと。

ふいに、リリー・ローズがいいました。

「そうだ、夜《よる》のテントで話《はな》すことといったら……やっぱりこわい話《はなし》よね！　かわりばんこにいうのはどう？」

「えー、どうかなあ。ほんとにこわくなっちゃったらどうするの？」

「そんなの、へいきへいき。庭《にわ》には、あたしたちしかいないんだから、こわいものなんて、いないはずだし」

ピュアは、ほんとうはこわい話《はなし》が苦手《にがて》でしたが、しぶしぶうなずきました。

さっそくリリー・ローズが、古《ふる》い町《まち》につたわる話《はなし》をはじめました。

ピュアは体《からだ》をこわばらせながらも、ききつづけます。

「――それでね、夜《よる》の石《いし》だたみの道《みち》に、ひづめの音《おと》がひびいてきたの。馬《うま》が近《ちか》づいてきて、男《おとこ》の人《ひと》がのっていたんだけど、よく見《み》ると、その人《ひと》……首《くび》がない！」

リリー・ローズがそういったとき、テントの外《そと》を大《おお》きな影《かげ》がさっとよこぎりました。

「わっ！」

ピュアはびっくりしてリリー・ローズのうでをつかむと、さらにいいました。

「い、今《いま》のなに？」

「今《いま》のって？　なにも見《み》なかったけど。気《き》のせいじゃない？」

リリー・ローズはまた話《はなし》をつづけようとしました。

ところが、こんどはふたりとも、影《かげ》がさっとよこぎるのを見《み》たうえに、ぶきみな声《こえ》まできいたのです。

それは「ヒュ――――！」という、いかにもゆうれいの声《こえ》。

ピュアはふるえあがりました。

さすがのリリー・ローズもだまりこみ、耳《みみ》をすましました。それから、くちびるに人差《ひとさ》し指《ゆび》をあてて、「しーっ」とピュアに合図《あいず》すると、テントのファスナーまではっていって、音《おと》をたてないよう、しずかにしずかにおろしました。

今《いま》では、ふたりともふるえていました。でも、外《そと》をたしかめなければなりません。

ピュアとリリー・ローズは手《て》をぎゅっとつなぐと、うなずきあい、テントの外《そと》にそっと顔《かお》をだしました。すると……。

大《おお》きな黒《くろ》い目《め》がぽっかりあいた、白《しろ》いゆうれいが宙《ちゅう》をういて、

「ヒュ――――!」とうなっ

ていたのです。

「わ――――！」

ふたりでさけびながら、あわててテントのなかにもどり、ファスナーを思《おも》いきりとじます。

「あれは……あれは……ゆうれい！」とリリー・ローズ。

ふたりはふるえながら、だきあいました。

ピュアは声《こえ》をしぼりだしていいました。

「リリー・ローズ、どうしよう……!?」

第3章

見《み》つかっちゃった！

パニックになったピュアでしたが、どうにかおちつくと、こんどはおかしなことに気《き》づきました。

あのゆうれい、どこかへん……？

というのも、ゆうれいらしき白《しろ》いものは、なんだか、まくらカバーのような形《かたち》をしていたのです。

ピュアはテントのファスナーの前《まえ》まではっていき、耳《みみ》をすましました。

テントの外《そと》では、ゆうれいがまだ、うなっています。

「ヒュ―――、ヒュ―――！」

リリー・ローズがヒソヒソ声《ごえ》でききました。

「ピュア、なにをするつもり？」

「だいじょうぶ。ちょっとたしかめたいだけ」

ピュアは小声《こごえ》でそういうと、テントのファスナーをあけました。

顔《かお》をだすと、やっぱり白《しろ》いゆうれいが宙《ちゅう》にういていて、きみのわるい声《こえ》をあげています。

ピュアはうしろをふりかえりました。こわくなったリリー・ローズが、ねぶくろにもぐりこんでいます。

ピュアはぐっと気《き》をひきしめると、そろそろとはってテントをでました。ふりかえってファスナーをしっかりしめ、くらやみへと足《あし》

をふみだします。

夜《よる》のやみのなか、宙《ちゅう》にうかんだゆうれいが、また声《こえ》をあげました。

「ヒュ――――!」

ピュアは深呼吸《しんこきゅう》をひとつして、気持《きも》ちをおちつけると……思《おも》いきって手《て》をのばし、ゆうれいをつかんだのです。

手《て》のなかで、小《ちい》さなものがもぞもぞ動《うご》くのが感《かん》じられます。

これって、ゆうれいっていうより……そう、まくらカバーを着《き》た妖精《ようせい》!

ピュアは白《しろ》い布《ぬの》をさっとはがしました。てのひらにのこっているのは、いたずら者《もの》のブルーベルと思《おも》いきや、なんと、気《き》のよわいスノードロップではありませんか！

スノードロップは両手《りょうて》に一本《ぽん》ずつもっている小枝《こえだ》を動《うご》かすことで、ゆうれいがうでをふっているように見《み》せかけていたのです。

ピュアは声《こえ》が大《おお》きくなりすぎないよう、気《き》をつけながら、おこりました。

「ひどいよ、スノードロップ！　それに、あーあ、そのまくらカバー、よごれて、やぶけてる。おまけに、マジックで黒《くろ》い目《め》なんかかいてるし。もうつかいものにならないじゃない。ママにどういいわけすればいいの？」

「ちょっとかりただけなんです……」

羽《はね》をはばたかせて宙《ちゅう》にうきながら、スノードロップがおずおずといいました。ぼろぼろになったまくらカバーをちらっと見《み》て、もうしわけなさそうに、ことばをつけたします。

「それに、こんなふうにだめにするつもりはなかったんです」

ピュアはうでぐみをすると、きびしい声《こえ》でいいました。

「あとの三人《にん》も、かくれてないで、でてきて。そばにいるのは、わかってるんだから」

ブルーベル、サルビア、デイジーが、夜《よる》に花《はな》をさかせるジャスミンのしげみから、もぞもぞでてくると、ぱっととびたって宙《ちゅう》にうかびました。

「三人《にん》とも、どうしてスノードロップを止《と》めてくれなかったの？　わたしたち、ほんとうにこわかったんだよ」

ピュアのことばに、サルビアとデイジーが、しゅんとうなだれました。ブルーベルでさえ、反省《はんせい》しているようすです。

やがて、デイジーが口《くち》をひらきました。

「ゆうれいでピュアたちをおどろかすのは、スノードロップが考《かんが》えついたことなの。わたしはやめたほうがいいっていったんだけど、ブルーベルとサルビアはいっしょに行《い》くって……。そうなると、ひとりでるすばんになっちゃうでしょ」

そこまでいって、デイジーはぶるっとふるえました。ひとりぼっちはいやなのです。

「だから、わたしもいっしょに来《く》るしかなかったの」

「みんなして、まったく……！」

ピュアは思《おも》わず、声《こえ》をひくくするのをわすれてしまいました。とたんに、テントのなかからリリー・ローズがよびかけてきました。

「ピュア、だれと話《はな》してるの？」

ピュアはあわてました。

「あ、ううん、今《いま》のはひとりごと。あのね、ゆうれいなんていなかったよ。わたしたち、こわがりすぎて、いないものをつくりあげてたみたい」

「ふうん……」

ピュアは顔《かお》をしかめました。

あーあ、こんなへたないいわけ、リリー・ローズがしんじるわけないよね。わたしのこと、へんな子《こ》だと思《おも》っただろうな。

でも、これでリリー・ローズが外《そと》にでてこようとするのを、いくらかおくらせることができたみたい。とにかく、あとひとつ、四人《にん》に質問《しつもん》する時間《じかん》はできたよね。これをきいたら、みんなにはすぐ、妖精《ようせい》ハウスへ帰《かえ》ってもらわなくちゃ。

「ねえ、どうしてわたしたちをこわがらせたの？」

ピュアはききました。けれども、だれもこたえてくれません。

そこでピュアはやさしい声《こえ》でさらにいいました。

「おこらないから、教《おし》えて」

サルビアがブルーベルをちらっと見《み》ました。ブルーベルがデイジーをひじでちょんとこづきます。デイジーがコホンと小《ちい》さくせきばらいをしました。するとついにスノードロップが、おずおずと話《はな》しはじめました。

「わたしたち、パジャマパーティーへ行《い》けなくて、むしゃくしゃしてたんです。それで、ピュアたちをこわがらせたら、ふたりはテントから家《いえ》のなかにもどるし、リリー・ローズはそのまま自分《じぶん》の家《いえ》に帰《かえ》るだろうって考《かんが》えました。そうなったら、パジャマパーティーはなしになるから、わたしたちがでられなかったってことにもならないだろうって」

ピュアはふーっと息《いき》をはきだしました。

「みんなが来《こ》られない理由《りゆう》は、ちゃんと話《はな》したよね……？　わたしはただ、四人《にん》を守《まも》りたいだけなのに……」

そして、声《こえ》をいっそうひそめて、いいました。

「だから、すぐに妖精《ようせい》ハウスに帰《かえ》って。リリー・ローズにすがたを見《み》られないうちに。はやく！」

ところが、妖精《ようせい》たちは動《うご》こうとしません。それどころか、あたたかな明《あ》かりのもれるテントをうらやましそうに見《み》つめています。

ブルーベルがいいました。

「うちら、リリー・ローズに見《み》つかったら、ほんとうにまずいのかな？」

「あたり前《まえ》でしょ！」

ピュアは思《おも》わずおこった声《こえ》をだしてしまいました。

けれども、デイジーがいいます。

「リリー・ローズなら、わたしたちのことを見《み》ても、だれにもいわないんじゃないかな」

「いわないってやくそくしてもらえばいいのよ」とサルビア。

「だめだめ。ねえ、みんな帰《かえ》って。それが自分《じぶん》たちのためなんだから――」

「わあ！　みんな、ほんものなの⁉」

うしろから声《こえ》がして、ピュアははっとふりかえりました。リリー・ローズがテントから顔《かお》をだし、こっちを見《み》ています。とてもおどろいて、目《め》を丸《まる》くしています。

ピュアは思《おも》わず、妖精《ようせい》を見《み》て、それからリリー・ローズを見《み》ました。どうすればいいのか、なんといえばいいのか、わかりません。

もう手《て》おくれです。リリー・ローズに妖精《ようせい》たちを見《み》られてしまったのです。

四人《にん》はピュアのそばで羽《はね》をはばたかせ、宙《ちゅう》にとどまっていました。

とはいえ、だれもピュアと目《め》をあわせようとしません。

リリー・ローズが、まだ目《め》を丸《まる》くしながらいいました。

「ピュア、どうしよう⁉　ほんものの妖精《ようせい》よ！　うそみたい！」

ピュアは、いちど大《おお》きく深呼吸《しんこきゅう》をすると、心《こころ》をきめていいました。

「わたしの友《とも》だちなの。名前《なまえ》はブルーベル、デイジー、サルビア、スノードロップ」

名前《なまえ》をよばれた順《じゅん》に、四人《にん》がれいぎただしく「はじめまして」と

いっていきます。

リリー・ローズは「わあ！」とか「すごい！」といったことばをもらしながらも、つぎつぎとみんなに「よろしくね」とこたえていきました。

あいさつがすむと、サルビアがしんけんな顔《かお》でリリー・ローズにいいました。

「おねがい。わたしたちを見《み》たことは、だれにもいわないで。ほんとは人間《にんげん》に見《み》つかってはいけないの。でないと、オークの木《き》が……」

わけのわからないリリー・ローズは、こまったようすでピュアをちらっと見《み》ました。

そこでピュアは、ことばをつけくわえました。

「妖精《ようせい》を見《み》たことは、だれにもいわないってやくそくしてくれる？」

「わかったわ。やくそくする」

リリー・ローズが力強《ちからづよ》くうなずきました。ピュアにも妖精《ようせい》たちにも、リリー・ローズがほんとうにやくそくを守《まも》るつもりでいることが、わかりました。

すると、ブルーベルがおおげさにぶるっとふるえていいました。

「外《そと》は風《かぜ》が強《つよ》くなってきたよ」

「それにさむいわ」とサルビア。

「それにくらくて、すごくこわい」とデイジー。

「あの、わたしたちもテントにとまっていいですか……？」

スノードロップが、すがるような目《め》でたずねます。

すると、リリー・ローズがうれしそうに手《て》をたたきました。

「ピュア、もちろんいいでしょ？　おねがい……！」

ピュアはやれやれと思《おも》って、目《め》をくるんとまわしました。

「あー、もう、リリー・ローズまで……！　じゃあ、みんなでおとまりしよう！」

とたんに妖精《ようせい》たちが「やったあ！」と声《こえ》をあげます。

ピュアは四人《にん》にむきなおって、ことばをつけくわえました。

「でも、みんなのやったことは、あまり感心《かんしん》できないけどね」

じつはこれ、ときどきピュアがママにいわれているセリフでした。

妖精《ようせい》たちは、まじめくさった顔《かお》でうなずきましたが、よろこびをかくしきれません。

リリー・ローズが、うれしそうにいいました。

「ああ、しんじられない！　ほんものの妖精《ようせい》とパジャマパーティーができるなんて！」

ふいに、ピュアは気《き》がつきました。

いけない、ママがなんのさわぎだろうって、見《み》にきたらたいへん！

「みんな、いそいでテントに入《はい》ろう！」

ピュアの号令《ごうれい》で、全員《ぜんいん》がなかにすべりこみました。

テントに入《はい》ったとたん、妖精《ようせい》たちがうれしそうに、ぐるりとなかを見《み》わたしました。おもしろそうに、おいてある本《ほん》やプレイヤーや、ブラシに目《め》をむけていきます。

リリー・ローズが明《あか》るい声《こえ》でよびかけました。

「みんな、わたしたちのねぶくろで、いっしょにねましょ！」

そこで、ブルーベルとデイジーが、リリー・ローズのねぶくろに、スノードロップとサルビアがピュアのねぶくろに、それぞれもぐりこみました。

「パジャマパーティーってわくわくするね！」

ブルーベルがそういって、ねぶくろのなかでうれしそうにもぞもぞし

ています。

「わたしたちにも、ここで着《き》るとくべつな服《ふく》があればなあ」

デイジーがうらやましそうに、ピュアとリリー・ローズが着《き》ているピンク色《いろ》のパジャマを見《み》つめています。

「そういう服《ふく》……どうにかできるかも……」

スノードロップがえんりょがちにそういって、ピュアをちらっと見《み》ました。

そこでピュアが、がんばってというようにうなずいて笑顔《えがお》をむけると、スノードロップは勇気《ゆうき》をえたようで、話《はなし》をつづけました。

「あの、さっきピュアは、まくらカバーがもう、つかいものにならないっていいましたよね……。わたし、ソーイングセットと野《の》イチゴのジュースをひとびん、もってきているんです。だから……それをつかえば、なんとかできるかも。わたしたちをしんじて、まかせてくれませんか？　まくらカバーはけっしてむだにしません！」

ピュアはにっこりしながら、いいました。

「うん、わかった。やってみて！」

スノードロップが、花《はな》びらのスカートのあいだから、ソーイングセットとジュースのびんをとりだすと、ブルーベル、デイジー、サルビアの三人《にん》は、なにもいわれなくても、やることがわかっているようでした。四人《にん》で顔《かお》を見《み》あわせて、大《おお》きくうなずくと、それぞれが動《うご》きだします。

テントのなかは、妖精《ようせい》たちのアトリエにはやがわり！

デイジーが、ピュアが家《いえ》からもってきたミルクのびんのふたをかりて、そこに野《の》イチゴジュースを入《い》れました。

そのジュースにスノードロップがそっとなにかをふりかけます。

そのあと、サルビアがまくらカバーにはさみを入《い》れて、妖精《ようせい》サイズのパジャマを切《き》りだしていきました。

スノードロップがそれをぬいあわせ、できあがったものから、デイジーが野《の》イチゴのジュースにひたします。

すると、あちこちよごれていたパジャマが、あっというまに、あざやかなピンク色《いろ》になったのです。しかも、全体《ぜんたい》に魔法《まほう》の美《うつく》しい銀《ぎん》色《いろ》のラメがちりばめられ、夜空《よぞら》の星《ほし》のようにかがやいています。

ピュアは思《おも》わずさけびました。

「わあ、キラキラしてきれい！　わたしもそういうパジャマがほしかったなあ」

スノードロップがにっこりしました。

「わたしのオリジナルです。フェアリーランドからもってきたソーイングセットに、〈フェアリーの砂《すな》〉というキラキラが少《すこ》し入《はい》っていたので、つかってみました」

まだジュースでぬれているパジャマを外《そと》でかわかす役《やく》は、勇《ゆう》かんなブルーベルがかってでました。風《かぜ》が強《つよ》かったので、草《くさ》の上《うえ》などでほそうとしても、すぐにとばされてしまいます。そこで、ブルーベルが片手《かたて》でテントの出入《でい》り口《ぐち》の布《ぬの》をしっかりつかみながら、もういっぽうの手《て》でパジャマをもって、いっしょに風《かぜ》にふかれました。

これなら、パジャマがどこかにとばされることはありません。ただし、体《からだ》のかるいブルーベルとパジャマはテントの布《ぬの》といっしょに、風《かぜ》になびいていましたけれど。

パジャマはすぐにかわきました。

つぎに四人《にん》はピュアのフェルトペンでパジャマにすてきな絵《え》をかくことにしました。星《ほし》に、花《はな》に、雪《ゆき》。それぞれにぴったりの絵《え》です。

スノードロップがリリー・ローズにいいました。

「あなたとあうの、ほんとははじめてじゃないんです。だって、あなたがピュアとであった競技会《きょうぎかい》に、わたしたちもいたから」

「えっ、そうなの？　でも、そうしたら、どうしてあのときは、気《き》づかなかったんだろう？」

それにこたえたのは、サルビアでした。

「あたしたち、かくれるのがうまいから！」

「こんやは、うまくなかったけどね」

ピュアはにんまりしながら、からかいました。ほかのみんなが、わらいだします。

さっきまで不安《ふあん》でいっぱいだったピュアですが、ほっとして思《おも》いました。

リリー・ローズが妖精《ようせい》のことをひみつにするといってくれてよかった。それにけっきょく、みんなに来《き》てもらったことで、パジャマパーティーがますます楽《たの》しくなったな。

サルビアが、ほこらしげにいいました。

「ピュアに乗馬《じょうば》を教《おし》えたのは、あたしよ。ピュアがもってるおもちゃのポニーに、魔法《まほう》のフェアリーパウダーをふりかけて、命《いのち》をふきこんだの。おもちゃのポニーにのって、みんなでれんしゅうして、すごく楽《たの》しかった！」

「うん、楽《たの》しかったな。わたしはあのときまで、ポニーにのったことがなかったんだよね」

ピュアがつけたしていうと、リリー・ローズがびっくりしました。

「ほんとに？　じゃあ、ピュアは乗馬《じょうば》をれんしゅうしてすぐに、ジャンプやなんかのわざをできるようになったってこと？　すごい！　それに、サルビアは、教《おし》えるのがとてもじょうずなのね！」

リリー・ローズにほめられ、サルビアはうれしくてたまりません。

「ところで気《き》づいていた？　リリーはゆり、ローズはバラのこと。あたしたちとおなじ、花《はな》の名前《なまえ》よね。なかま！」

「わあ、うれしい！」

リリー・ローズとサルビアはほほえみをかわしました。ほかの妖《よう》精《せい》たちも、リリー・ローズに笑顔《えがお》をむけています。

みんながおしゃべりをはじめたとき、スノードロップがピュアの耳《みみ》もとへとんでいって、こそっといいました。

「ピュアがリリー・ローズと友《とも》だちになってくれて、うれしいです。おかげで、わたしたちも友《とも》だちになれたんだから」

ピュアは思《おも》わずにっこりして、ささやきかえしました。

「みんながよろこんでくれて、わたしもうれしいよ」

まもなく妖精《ようせい》たちが、新《あたら》しいパジャマを着《き》ました。みんな、よろこびに顔《かお》をかがやかせています。

ピュアが音楽《おんがく》をかけると、四人《にん》がテントのなかを行《い》ったり来《き》たりしはじめました。あいまにくるくる

まわったり、おじぎをしたりして、まるでパジャマのファッションショーです。

さいごに、ブルーベルがぱっととびたち、宙返《ちゅうがえ》りをすると、元気《げんき》よくさけびました。

「さあ、これでうちらのかっこうは、パジャマパーティーらしくなった！　ねえねえ、つぎはなにをする？」

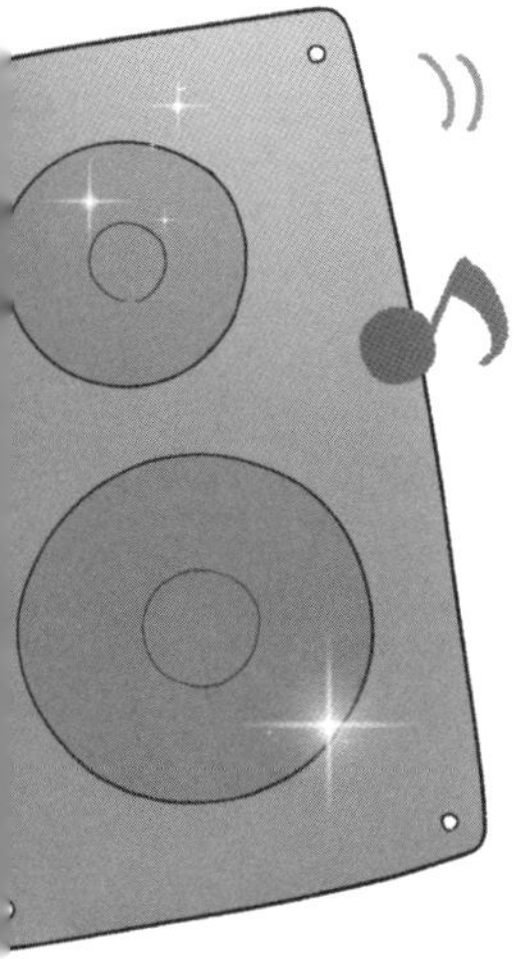

第4章

くらやみからきこえる声《こえ》

　ビュウビュウふく風《かぜ》が入《はい》らないテントのなかは、ランタンのやわらかな明《あ》かりがともり、心地《ここち》よい部屋《へや》のようでした。

　妖精《ようせい》たちは、つぎにやりたいことをさっそくきめました。

「ヘアアレンジ！　うちらが、ピュアとリリー・ローズのヘアスタイルをかえるの！」

とブルーベル。

「わたしたちにまかせてください」とスノードロップ。

　そこで、ピュアは「じゃあ、あみこみって

できる？」とききました。

四人《にん》が大《おお》きくうなずきます。

ピュアの髪《かみ》はブルーベルとスノードロップが、リリー・ローズの髪《かみ》はサルビアとデイジーが、それぞれアレンジすることになりました。

ブルーベルとスノードロップがピュアの髪《かみ》を少《すこ》しずつたばにして、たがいちがいにあみこみはじめました。ふたりの羽《はね》が首《くび》にふれるたび、ピュアはくすぐったくてわらってしまいます。

まもなく、ブルーベルとスノードロップはどの髪《かみ》のたばをどこにかさねるのか、わからなくなってしまいました。ふたりがなんどもやりなおすので、ピュアは自分《じぶん》の髪《かみ》がどうなっているのか、かがみでしかめたくてしかたありません。

リリー・ローズの髪《かみ》はピュアよりみじかいのですが、それでも体《からだ》の小《ちい》さいサルビアとデイジーには、あみこみはたいへんな作業《さぎょう》です。

とうとうできあがったピュアとリリー・ローズのヘアスタイルは、あみこみではなく、ぶかっこうなみつあみでした。頭《あたま》のあちこちに何本《なんぼん》もできています。

「ねえ、リリー・ローズ、すっごくおもしろい髪型《かみがた》になってるよ」

ピュアがわらいながらいうと、リリー・ローズも「ピュアもね！」とかえします。

「まあ、どっちのヘアスタイルも、かんぺきとはいえないかもね」

とブルーベル。

「このヘアスタイルは、あたしたちが発明《はつめい》したんだから、名前《なまえ》をつけなくちゃ」とサルビア。

そこで、スノードロップがいいました。

「〈とんでもフェアリーヘア〉はどうでしょう?」

みんなはクスクスわらいながら、「いいね!」「きまり!」とうなずきます。

ブルーベルがピュアとリリー・ローズにたのみました。

「ねえ、こんどはうちらの髪《かみ》をアレンジしてくれない？　妖精《ようせい》はいつも同《おな》じヘアスタイルなのがふつうなんだけど、かえるのって、すごくおもしろそう！」

そこで、ピュアはテントにもってきていた人形用《にんぎょうよう》のブラシやくしや髪《かみ》かざりをとりだすと、リリー・ローズといっしょに、四人《にん》のヘアアレンジをはじめました。

小《ちい》さなおだんごやみつあみをつくったり、小《ちい》さな花《はな》やリボンでかざったり。ピュアもリリー・ローズも楽《たの》しくてたまりません。

四人《にん》の新《あたら》しいヘアスタイルができあがると、ピュアは本《ほん》の上《うえ》に手《て》かがみをのせて、みんなに見《み》せてあげました。

「やったあ！　うちら、すっごくかわったよね！」

かがみを見《み》ながらブルーベルがさけびました。リリー・ローズにつけてもらった青《あお》のストライプのリボンを、まっすぐになおします。

「あたしたちみんな、すーごくにあってる！」

そういって、サルビアがうれしそうに、小花《こばな》をちりばめたみつあみをくるんとゆすります。

妖精《ようせい》たちは四人《にん》とも、新《あたら》しいヘアスタイルをとても気《き》に入《い》ったようです。このままずっと、かがみの前《まえ》からはなれないんじゃないかと思《おも》うほど、自分《じぶん》のすがたに見《み》ほれています。

やがて、サルビアがいいました。

「いいこと、思《おも》いついたわ！　つぎはひとりずつ、ひみつをいいっこしましょ！　パジャマパーティーでは、そういうことをするものなんでしょ？」

この楽《たの》しいアイデアに、ブルーベルとデイジーとスノードロップもやる気《き》まんまん！　すぐにかがみからはなれて、ねぶくろにもぐりこみました。

「まずはピュアから。さあ、ひみつをはなして！」とサルビア。

ピュアはクスリとわらいました。

「わたしのひみつなら、もう知《し》ってるでしょ？　小《ちい》さな四人《にん》の友《とも》だちがいるってこと！」

これにはみんながどっとわらいました。

そのとき、ブルーベルが「はい！」と手《て》をあげました。これは、ブルーベルが魔法《まほう》でピュアと入《い》れかわって学校《がっこう》の授業《じゅぎょう》にでたときに学《まな》んだこと。意見《いけん》があるなら、手《て》をあげる、です。

「つぎはうちの番《ばん》！　ひみつを話《はな》すよ！」

妖精《ようせい》のひみつってどんなことだろう？

ピュアには想像《そうぞう》がつきません。リリー・ローズも同《おな》じだったようで、ふたりで同時《どうじ》にブルーベルのほうに身《み》をのりだして、耳《みみ》をすましました。

「えっと、去年《きょねん》、うちらが通《かよ》う学校《がっこう》〈フェアリースクール〉の運動《うんどう》会《かい》で、スプーンたまご競争《きょうそう》っていうのがあったんだ。たまごをのせたスプーンをもって、森《もり》の木《き》のあいだをジグザグにとんでいくの。たまごをおとしたら、そこで失格《しっかく》だし、いちばんにゴールした子《こ》が勝《か》ちだから、はやくとばないといけないし、むずかしい競争《きょうそう》なんだよね」

ほかの三人《にん》の妖精《ようせい》がうなずきます。

すると、ブルーベルがにんまりしながら、もったいぶってだまりこみました。注目《ちゅうもく》をあつめていることに気《き》をよくしているのです。

少《すこ》ししてやっと、声《こえ》をひそめながらつづきを話《はな》しだしました。

「それでね、うちが知《し》ってるひみつっていうのは……サルビアが競争《きょうそう》で一位《い》になったのは、たまごをクモの糸《いと》でスプーンにくっつけていたからだよってこと！」

デイジーとスノードロップが息《いき》をのみ、サルビアを見《み》つめます。

サルビアはみるみるうちに、まっ赤《か》になりました。

「ちがうったら！　まあ、その、ちょっとだけクモの糸《いと》をつけたけど……それでも、木《き》をよけながら、ジグザグにすばやくとんでいくのって、すごくたいへんなのよ！」
ふたりの会話《かいわ》のゆくえがあやしくなったので、ピュアはあわてて
いいました。
「ねえ、みんな、パジャマパーティーでいいあいっこする『ひみつ』
は、自分《じぶん》のひみつってことなんだよ。ひとのひみつをバラすのは、
だめ」
けれど、ピュアの話《はなし》はだれの耳《みみ》にもとどかなかったようです。サ
ルビアがむっとした顔《かお》でうでぐみをすると、もえるような赤《あか》い髪《かみ》を
ぶんとふりました。ランタンの明《あ》かりで、ひとみがキラリと光《ひか》りま
す。
「ねえ、ブルーベル、あなたがかわいた水草《みずくさ》でぼうしをつくって、『に

あう？』ってきいたことがあったわよね？　あたしが『にあう』ってこたえたら、女王《じょおう》さまの誕生日《たんじょうび》パーティーに、そのぼうしをかぶっていったでしょ？」

「うん、そうだよ。それがどうかした？」とブルーベル。

「あのときは、ブルーベルをきずつけたくなくて、『にあう』っていったけど、ほんとはね……すっごくヘンだったの！　誕生日《たんじょうび》パーティーに来《き》ていたみんなが、そう思《おも》ってたわ」

サルビアが、かちほこったように、いいはなちます。

ブルーベルがはっと息《いき》をのみ、まだそのぼうしをかぶっているかのように、あわてて頭《あたま》に手《て》をやりました。

「教《おし》えてくれたらよかったのに！　ひどいよ！」

ブルーベルがサルビアをにらみます。

するとサルビアがべーっとしたをつきだしました。もうふたりとも、がまんできません。ブン！　という羽《はね》の音《おと》とともに、ブルーベルとサルビアが宙《ちゅう》でつかみあい、上《うえ》になったり下《した》になったりのとっくみあいになりました。

あわててデイジーとスノードロップが、ピュアのねぶくろににげこみます。ふたりとも、おくまでもぐりこんだので、羽《はね》がピュアの足《あし》をくすぐりました。

ブルーベルとサルビアがさけんでいます。

「はなして！」

「いやよ！　そっちがはなして！」

「やだ！　はなしてったら！」

「そっちこそ！」

ピュアはやれやれと思《おも》って、不安《ふあん》そうにブルーベルたちを見《み》つめるリリー・ローズにせつめいしてあげました。

「ふたりのけんかはいつものことだから、だいじょうぶ。そのうちやめる――」

ピュアはさいごまでいうことができませんでした。というのも、テントの外《そと》からおそろしい声《こえ》がきこえたのです。

「ピュ――――！」

ピュアとリリー・ローズはがばっとはねおきて、顔《かお》を見《み》あわせました。

ブルーベルとサルビアも、ぴたりと動《うご》きを止《と》めて、すぐさまリリー・ローズのねぶくろににげこみます。

スノードロップがピュアのねぶくろから顔《かお》をだしてささやきました。

「今《いま》の、なんですか？」

ピュアは小声《こごえ》でこたえました。

「わからない……。でも、スノードロップ、ほんとうは知《し》ってるんでしょ。わたしたちをおどろかせようとして、外《そと》になにかしかけておいたんじゃない？　それを自分《じぶん》でもわすれて、そのままにしてきたとか……？」

「こんどのは、わたしじゃありません。ぜったいに」

ほんとかなあ……？

ピュアにはまだしんじられません。

ところがそのとき、また「ヒュ―――――！」と声《こえ》がしました。しかも、さっきより大《おお》きな声《こえ》です。

「きゃ！」

スノードロップはあんまりびっくりしたために、とびあがって、テントの天井《てんじょう》に頭《あたま》をぶつけてしまいました。それからすぐに下《した》にもどってピュアのねぶくろにもぐりこみます。ランタンの明《あ》かりにてらされたスノードロップの顔《かお》は青白《あおじろ》く、心《こころ》からこわがっているのがその目《め》にあらわれていました。

ピュアにはわかりました。

スノードロップはほんとのことをいってるんだ。外《そと》になにかしかけたりしていないんだ……！

デイジーもねぶくろから、おそるおそる顔《かお》をだしました。不安《ふあん》そうに目《め》を見《み》ひらいています。ブルーベルとサルビアはけんかをしていたこともわすれ、ピュアのねぶくろにとびこんでデイジーとスノードロップにだきつきます。

「ピュ――――――！」

また声《こえ》がして、六人《にん》は体《からだ》をこわばらせました。

「スノードロップ、あなたのいたずらじゃないとしたら、これってどういうことだと思《おも》う？」

ふるえながら、ピュアは声《こえ》をひそめてききました。

スノードロップの顔《かお》から、いっそう血《ち》の気《け》がうせています。ほそい肩《かた》は、恐怖《きょうふ》かかこきざみにふるえています。スノードロップが小声《こごえ》でこたえました。

「たぶん……ほんもののゆうれいです」

第5章

六つの力《ちから》をあわせること

「ヒュ――――――！」

おそろしい声《こえ》がまたきこえてきました。

ピュアは勇気《ゆうき》をふりしぼり、みんなにきっぱりいいました。

「ここでこわがっているだけじゃ、だめだよ。みんなで、音《おと》の正体《しょうたい》をつきとめなくちゃ」

「わたしはここでこわがっているだけでいい。お世話《せわ》さま！」

デイジーがぶるっとふるえます。

「でも、ゆうれいじゃないかもしれないでしょ。動物《どうぶつ》の声《こえ》かも」

ピュアのことばに、スノードロップがききかえしました。

「キツネとかですか？」

「オオカミ男《おとこ》って気《き》がする……」

くらい声《こえ》でデイジーがつぶやきます。

「けがをしている動物《どうぶつ》ってこともあるわ」

しんぱいそうにサルビアがいうと、デイジーがことばをつけたしました。

「おなかをすかせたけもの、ってこともあるし！」

とにかく、妖精《ようせい》たちにはたしかめにいく勇気《ゆうき》はないようです。

しかたないなあ。でも、このままじゃ、こわくてねむることもできないし……！

ピュアは心《こころ》をきめると、パジャマの上《うえ》に上着《うわぎ》をはおり、はだしのまま、くつをはきました。すると、ほっとしたことに、リリー・ローズも同《おな》じように外《そと》にでるしたくをしてくれました。

ふたりがたしかめにいくつもりなのを見《み》て、妖精《ようせい》たちはねぶくろからさっととびだすと、空中《くうちゅう》で小《ちい》さく輪《わ》になりました。コソコソなにか話《はな》しています。それからぱっとピュアたちのほうにむきなおると、ブルーベルがいいました。

「うちらもいっしょに行《い》くよ！」

「みんな、ありがとう！」

ピュアはうなずくと、テントの出入《でい》り口《ぐち》まではっていき、ゆっくりとファスナーをおろしました。すぐうしろで妖精《ようせい》たちが、不安《ふあん》そうに宙《ちゅう》にういてまっています。

ふりむいたピュアは、みんなに小声《こごえ》で合図《あいず》しました。

「いいよ、ひとりずつ外《そと》にでて！」

ところが、だれも動《うご》こうとしません。おそろしい声《こえ》のするくらやみに、いちばんに行《い》きたい人《ひと》なんて、いないのです。

「みんなでいっしょに行《い》こう！」とリリー・ローズがいいました。

妖精《ようせい》たちがうなずいて、四人《にん》で手《て》をぎゅっとつなぎます。

リリー・ローズも、ピュアの手《て》をしっかりにぎると、号令《ごうれい》をかけました。

「一、二の……三！」

六人《にん》は同時《どうじ》にテントの外《そと》へころげるようにでました。

とたんにまた「ヒュ――――――！」とおそろしい声《こえ》がして、みんなは思《おも》わずびくっと体《からだ》をふるわせました。

「あっちからきこえる。野原《のはら》のほうからだよ」

そういって、ピュアは目《め》をこらしましたが、くらくてよく見《み》えません。テントからランタンをはずして手《て》にもつと、その明《あ》かりをたよりに、六人《にん》でくらい野原《のはら》へとすすみはじめました。妖精《ようせい》たちはピュアとリリー・ローズのま上《うえ》を、よこ一列《れつ》にならんでとんでいきます。

針金《はりがね》フェンスまでやってくると、妖精《ようせい》たちは針金《はりがね》の上《うえ》をとびこえ、ピュアとリリー・ローズは下《した》をくぐりぬけました。そのあいだも、それぞれ手《て》はしっかりつないだままです。

「ヒュ――――――！」

また、おそろしい声《こえ》……！

ピュアとリリー・ローズはゴクリとつばをのみこむと、ふるえる足《あし》をなんとか前《まえ》にだして、いよいよ野原《のはら》をあるきはじめました。

強《つよ》い風《かぜ》のせいで妖精《ようせい》たちはさむさにもふるえていました。ランタンの明《あ》かりをたよりに、長《なが》い草《くさ》のあいだをすりぬけるようにしてとんでいます。

ピュアはドキドキしすぎて、気《き》がつくと、走《はし》ったあとのように息《いき》ぐるしくなっていました。このあたりはよく知《し》っているはずなのに、夜《よる》には見《み》しらぬおそろしい場所《ばしょ》のように思《おも》えます。

声《こえ》の正体《しょうたい》をさぐりながらすすむうち、立《た》ちがれた大《おお》きな木《き》の前《まえ》にたどりつきました。その木《き》はみきがとちゅうでぼっきりおれていて、上半分《うえはんぶん》がありません。のこったみきは、中《なか》がくりぬかれたようになっていて、あとは、ふしくれだった根《ね》っこがあるだけです。

「ヒュ―――――!」

これまでにないくらい大《おお》きな声《こえ》です。

みんなは思《おも》わず「わっ！」「きゃっ！」と声《こえ》をあげてしまいました。

ただし、ブルーベルだけは、がまんしてこらえましたけれど。

おそろしい声《こえ》は、どうやら木《き》のなかからきこえるようでした。

ピュアはランタンを木《き》に近《ちか》づけてみました。けれども、のこっている木《き》はピュアの背《せ》と同《おな》じくらいの高《たか》さのため、なかのあなをのぞくことはできません。

すると、だいたんなブルーベルがこわさもわすれ、目《め》をかがやかせながらいいました。

「うちらのうち、ひとりが、あなのなかへとんでいったほうがいいよね」

けれども、ピュアはきっぱりいいました。

「でも、だれだって行《い》きたくないでしょ。だいたい、そんなあぶない場所《ばしょ》、行《い》っちゃだめ」

「うちが行《い》く。古《ふる》くさいゆうれいなんか、こわくないもん」

「だめ！」

「あー、もう、わかったよ。じゃあ行《い》かない！」

ブルーベルがむくれます。

そのとき、サルビアがさっとまいあがりました。そして、みんながあっけにとられているまに、あなのなかへとびこんでしまったのです。

「サルビア！」

みんながさけびました。

のこった妖精《ようせい》たちがだきあって、じっと木《き》を見《み》つめます。

ピュアは思《おも》わずつぶやきました。

「サルビアは、動物《どうぶつ》がけがをしてないているのかもしれないって思《おも》ったんだ。だから、たすけにいかなくちゃって……」

木《き》のあなからは、なにもきこえてきません。

「サルビア！」

リリー・ローズがよびかけます。

すると、「キャー！　たすけてー！」とサルビアの声《こえ》がひびいてきました。

「なにかにつかまっちゃった。きっと、ゆうれいよ！　手《て》も足《あし》もつかまれて、動《うご》けないの」

のこった妖精《ようせい》たちはびっくりして、すがるようにピュアを見《み》ました。ピュアはリリー・ローズを見《み》つめます。だれも、どうしていいのかわかりません。

「ピュ―――――!」

ぶきみな声《こえ》がひびきわたりました。

みんながはっと身《み》をかたくします。ただし、ピュアだけはちがいました。じっと立《た》って、耳《みみ》をすましたのです。それから、にっこりうなずきました。

「そっか、わかった!」

木《き》のなかからは、まだサルビアのもがく音《おと》がきこえています。

ピュアはサルビアによびかけました。

「おちついて！　そこにゆうれいはいないから。ぶきみな声《こえ》は、風《かぜ》の音《おと》なんだよ！　がらんどうの木《き》の入《い》り口《ぐち》から風《かぜ》が入《はい》りこむことで、ふえみたいに音《おと》がなってるの。ほら、耳《みみ》をすましてみて！」

また強《つよ》い風《かぜ》がふきました。

すると、あのぶきみな「ヒュ――――！」という声《こえ》がきこえたのです。みんなはしばらくその声《こえ》をきいていました。

「ほんとだ、ピュアのいうとおり！」

「ゆうれいの声《こえ》なんかじゃない」

「風《かぜ》の音《おと》です！」

「太《ふと》いたてぶえみたいに、音《おと》がなってるんだね！」

みんながうなずきます。

やがて、木《き》のなかからサルビアの声《こえ》がしました。

「ふう、よかった。ゆうれいじゃないのね。でも……だったらあたしは、なにつかまえられてるの？　羽《はね》はもちろん、手《て》も足《あし》もつかまれて、とびたつことができないのよ。ああ、ここって、まっくらでなにも見《み》えない。それに……」

サルビアがだまりこんでしまいました。そして、ふたたび話《はな》しだしたとき、その声《こえ》はふるえてよわよわしく、少《すこ》しもサルビアらしくありませんでした。

「ピュア、あたし、ほんのちょっとこわい。このままでられなくて、えいえんにここにいることになったら、どうしよう」

「だいじょうぶ。わたしたちがたすけるから！」

そういったものの、ピュアにはどうしていいか、わかりません。

まず、ピュアはリリー・ローズに体《からだ》を下《した》からかかえあげてもらいながら、木《き》のふちからあなのなかへ、手《て》をのばしてみました。けれども、あなはとてもふかくて、サルビアにとどきません。

そこで、地面《じめん》におちていたほそながい枝《えだ》をひろって、さしいれてみました。こんどはとどいたのですが、サルビアが枝《えだ》をしっかりつかむことができません。りょううでがなにかにつかまって、動《うご》けないからです。

「やっぱり、うちがとんでいくよ。そしたら――」

ブルーベルの話《はなし》を、ピュアがさえぎりました。

「だめ！　なかに入《はい》るのは、きけんでしょ。たぶん……サルビアは

なにかにからまってるんだと思《おも》うけど、それがなんなのかわからないんだよ。ブルーベルまでからまったら、どうするの!?」

ブルーベルはしぶしぶうなずきました。ピュアのいうとおりです。

みんなは考《かんが》えこみましたが、いいアイデアがうかびません。

あなのなかのサルビアが、元気《げんき》をだそうと、妖精《ようせい》の歌《うた》をうたいはじめました。けれども、ふるえるかぼそい声《こえ》しかだすことができず、その声《こえ》もまもなくきえてしまいました。

しばらくして、ついにスノードロップがおずおずと口《くち》をひらきました。

「いい考《かんが》えがあります。サルビアをたすけることができて、しかも、わたしたちのほうも、なにかにからまらずにすむ方法《ほうほう》です……」

ほかのみんなが前《まえ》のめりになりました。

「うん、それはなに？」

ピュアはスノードロップに話《はなし》をつづけるよう、うながします。

「あの……わたしたち、木《き》のあなの底《そこ》までおりなければ、なにかにからまることもないですよね。だから、ぶらさがればいいんです。わたしたち三人《にん》がたてにつながって、ピュアとリリー・ローズに、あなの下《した》のほうまでおろしてもらったら、サルビアにつかまってもらって、またピュアたちにひっぱりあげてもらうんです」

スノードロップのアイデアに、みんなは大《おお》きくうなずきました。

ただ、デイジーだけはくらやみをこわがって、「あなのなかになんて、おりられない！」といっています。

するとまた、スノードロップがいいことを思《おも》いつきました。花《はな》びらのスカートのあいだに手《て》を入《い》れて、三つのデイジーの花《はな》とフェアリーパウダーをとりだします。

三つの花《はな》にパウダーをふりかけ、魔法《まほう》のことばをとなえると……花《はな》がかがやいて、ライトのできあがり！　スノードロップ、デイジー、ブルーベルの三人《にん》はそれぞれ、花《はな》のライトをくきでしっかり頭《あたま》にしばりつけました。

ブルーベルが首《くび》を左《ひだり》から右《みぎ》に動《うご》かして、明《あ》かりのぐあいをたしかめます。

「スノードロップ、すごいよ！　グッドアイデア！」

スノードロップがてれて、ほほえみました。

「とにかく、サルビアをたすけたくて……」

だれもがきんちょうから、ドキドキしていました。

うまくいきますように……！

ピュアは心《こころ》からいのりました。

まずは、スノードロップたち三人《にん》がたてにつながりました。名《な》づけて〈妖精《ようせい》のくさり〉です。ピュアがデイジーの足《あし》をもってさかさにつりさげると、デイジーがブルーベルの足《あし》をもち、さらにブルーベルがスノードロップの足《あし》をもちました。スノードロップは両手《りょうて》をバンザイするようにのばしています。

つぎに、リリー・ローズができるだけピュアをもちあげました。

そしてピュアが〈妖精《ようせい》のくさり〉をできるだけ上《うえ》にかかげます。そしていよいよ、〈妖精《ようせい》のくさり〉を木《き》のあなのなかにそろそろとおろしていくと……見《み》えました！　スノードロップの花《はな》のライトが、サルビアの顔《かお》をてらしだしたのです。さむさにふるえてよごれていますが、ほっとした顔《かお》をしています。

スノードロップは思《おも》いきり手《て》をのばしました。ところがサルビアまでとどきません。

「ピュア、あと少《すこ》し、おろしてください！」

ピュアはいわれたとおりにしました。すると、そのひょうしに〈妖精《ようせい》のくさり〉が右《みぎ》に左《ひだり》にぶらんぶらん！

「うわ、気持《きも》ちわるくなりそう！」とデイジー。

「ちょ、ちょっと、はいたりしないでよね！」とブルーベル。

スノードロップが、さらに手《て》をのばすと、指先《ゆびさき》がサルビアの羽《はね》をかすめました。

「ピュア、あともう少《すこ》し、おろしてください！」

ピュアは、妖精《ようせい》たちの重《おも》みでうでがひどくいたくなっていました。

でも……ここであきらめるわけにはいかない……！

ピュアはさいごの力《ちから》をふりしぼり、〈妖精《ようせい》のくさり〉をぐいっとおろしました。

「ス、スノードロップ……サルビアをつかめるか……もういちどやってみて……！」

スノードロップがぐっと歯《は》をくいしばり、あと少《すこ》し手《て》をのばします。

「つかめました！」

サルビアのひじをしっかりつかめたのです。

「やった！」

ほかの妖精《ようせい》たちが、さけびます。

ピュアも、ほっとしました。

「みんな、それぞれしっかりつかまっててね。ひきあげるから！」

そういうと、デイジーの足《あし》をゆっくりとひきあげていきました。

〈妖精《ようせい》のくさり〉があなの外《そと》にでてきます。デイジー、ブルーベル、スノードロップ、そして……サルビア！

ピュアはみんなを地面《じめん》におろすと、ランタンをサルビアに近《ちか》づけました。すると、おどろいたことに、サルビアの体《からだ》に銀色《ぎんいろ》のほそいくさりがからまっていたのです。

ピュアは首《くび》をかしげながらも、そのくさりをはずそうとひっぱりました。

「いたい！」とサルビア。

ピュアはサルビアとみんなにいいました。

「かんたんには、はずれないみたい。テントにもどってから、やってみよう」

第6章

時《とき》をこえたおくりもの

まもなく、みんなはあたたかいテントのなかにもどって、ほっとひといきつきました。

さっそく、サルビアにからまっていたほそいくさりをしらべてみると……それはネックレスだったのです。

ピュアとリリー・ローズはしんちょうに、少《すこ》しずつ、ネックレスのあちこちをひっぱっていき、ついにほどくことができました。

自由《じゆう》になったサルビアは、手足《てあし》をぱたぱた動《うご》かしてみたあと、のこりの妖精《ようせい》たちのもとにとんでいって、ぎゅっとだきつきました。

「たすけてくれて、ありがとう！」

サルビアはなんどもみんなにおれいをいいました。

「スノードロップのアイデアだったの」とデイジーがいうと、まっ赤《か》になったスノードロップがいいました。

「ううん、みんなでがんばったんです」

「おてがらのスノードロップに、みんなでエールを三つおくろうよ！」

ブルーベルがさけんで、さっそくエールをおくりはじめました。

「すごいぞ、すごいぞ――」

「――スノードロップ！」

ほかのみんなが声《こえ》をあわせ、いちどめのエールをしめくくります。

スノードロップがはずかしそうにほほえみました。

みんながにどめのエールをおくると、にっこりしました。

そして三どめのエールで「ありがとう！」といって、みんなにはじけるような笑顔《えがお》を見《み》せたのです。スノードロップがこんなにどうどうとしていることは、なかなかありません。

エールがおわったとき、ピュアはネックレスをもちあげてみました。きゃしゃなくさりに、だ円形《えんけい》の宝石《ほうせき》のペンダントトップがゆれています。パールがかった青緑色《あおみどりいろ》の石《いし》で、ランタンの光《ひかり》を受《う》けると、なんとも美《うつく》しい虹色《にじいろ》にキラキラとかがやきます。

「ほんとうにきれい……！」とスノードロップ。

「このネックレス、いつごろのものなのかな？」とリリー・ローズ。

「それに、だれのものなのかしら?」

とサルビア。

「あと、あの木《き》のあなに、どうして入《はい》っていたのかな?」とデイジー。

ピュアは、銀《ぎん》のくさりの先《さき》でゆれるペンダントを見《み》ているうちに、あれ? と思《おも》いました。目《め》の高《たか》さまでかかげて、よく見《み》てみます。それから、ペンダントのふちを指先《ゆびさき》でなぞっていきました。

やっぱり!

ペンダントのふちに、小《ちい》さなでっぱりが――口金《くちがね》がついていて、そこからひらけるようになっています。これは、なかに写真《しゃしん》やなにかをいれられるロケットペンダント。ピュアがていねいに口金《くちがね》をはずすと、ロケットはぱかっとひらきました。

ロケットをはじめて見《み》た妖精《ようせい》たちは、口《くち》をぽかんとあけて見《み》ていましたが、すぐに「わあ！」と声《こえ》をあげました。

なかに、小《ちい》さな紙《かみ》が入《はい》っています。

スノードロップがそっと紙《かみ》をひらいて、目《め》を見《み》ひらきました。

「なにか書《か》いてあります……！」

たしかに、とても小《ちい》さな紙《かみ》に、とても小《ちい》さな文字《もじ》が書《か》かれていました。

この手紙《てがみ》を見《み》つけた人《ひと》へ
わたしはエリザベス・メイ。十八歳《さい》。生《う》まれてからずっと、
この広《ひろ》い野原《のはら》のとなりにある小《ちい》さな小屋《こや》でくらしてきました。
この野原《のはら》には……きっと妖精《ようせい》がいます。
わたしはいちどだけ、ちらっと見《み》たと思《おも》っています。
ここは、とくべつな場所《ばしょ》。でも、もうすぐお別《わか》れしなくてはなりません。
住《す》みこみの家庭教師《かていきょうし》の仕事《しごと》がきまって、家《いえ》をでることになったのです。
だから、わたしは、大《だい》すきな野原《のはら》に自分《じぶん》のものをのこしていこうと
思《おも》います。
どうか、このペンダントと野原《のはら》を、わたしがしてきたように、
たいせつにしてください。
エリザベスより

ぼうぜんとして、みんなは手紙《てがみ》を見《み》つめました。

「うち、エリザベスはほんとに妖精《ようせい》を見《み》たと思《おも》う！」

ブルーベルがこうふんしてさけびました。

「エリザベスが見《み》た妖精《ようせい》は、わたしたちの友《とも》だちのフォックスグローブじゃないかな。この近《ちか》くで妖精《ようせい》の〈任務《にんむ》〉をはたしていたから」とデイジー。

「このあたりは広《ひろ》い野原《のはら》だったの。ピュアたちがすむ住宅地《じゅうたくち》ができるまではね。そうでしょ？」とリリー・ローズ。

けれども、ピュアはへんじをするどころではありませんでした。手紙《てがみ》とネックレスをかわるがわる見《み》るのにいそがしいうえに、頭《あたま》のなかはいろんな考《かんが》えでいっぱいだったのです。

やがて、ピュアの顔《かお》にゆっくりと笑顔《えがお》が広《ひろ》がりました。

「ピュア？」

リリー・ローズがふたたび声《こえ》をかけます。ピュアはやっとわれにかえりました。

「ねえ、みんな、これがなんなのか、気《き》づいてる？」

ピュアのといかけに、デイジーがこたえました。

「もちろん。ぱかってひらくしかけがついている、きれいな宝石《ほうせき》のネックレスでしょ？」

「それがどうしたの？」

ブルーベルがこらえきれずにたずねます。

「この宝石《ほうせき》はオパール。オパールってどういうものかわかる？」

妖精《ようせい》たちは「えーと」「うーんと」というばかりで、ピュアがなにをいいたいのかわかりません。

けれども、ふいにスノードロップがさけびました。

「十月《がつ》の誕生石《たんじょうせき》ですね！　きっと妖精《ようせい》の女王《じょおう》さまがおみちびきくださったにちがいありません。オパールはわたしたちがひつような、とくべつな宝石《ほうせき》なのですから……」

ピュアはあわててくちびるに人差《ひとさ》し指《ゆび》をあてて、だまって、と合図《あいず》しました。リリー・ローズにはもう、妖精《ようせい》の存在《そんざい》を知《し》られていましたが、妖精《ようせい》の任務《にんむ》や誕生石《たんじょうせき》のことはまだひみつにしておこうと思《おも》ったのです。

スノードロップはピュアの考《かんが》えがすぐにわかり、口《くち》をとじました。

「えっと、つまり、エリザベスは手紙《てがみ》を見《み》つけた人《ひと》に、オパールのネックレスをたいせつにしてほしいんじゃないかな？　そして、わたしたちはたいせつにできるよね？」

ピュアはそういって、妖精《ようせい》たちにこっそりウインクしました。

「うん！」

「うちら、ネックレスを――」

「――たいせつにできます！」

「きっとね！」

妖精《ようせい》たちがつぎつぎにそういって、わらいました。

リリー・ローズはよくわからないという顔《かお》をしましたが、それでもみんなといっしょにわらいだしました。ほかの子《こ》たちと同《おな》じように、古《ふる》いネックレスを見《み》つけられたことが、とてもうれしかったからです。

ふいに、リリー・ローズがランタンの明《あ》かりに自分《じぶん》の腕時計《うでどけい》を近《ちか》づけて見《み》せました。

「ねえ、もう夜中《よなか》の十二時《じ》になりそうよ！」

「ということは……パジャマパーティーのごちそうの時間《じかん》だね！」

ピュアはそういうと、用意《ようい》してきたチョコチップクッキーをとりだしました。リリー・ローズも、クッキーのおともにと、ミルクのびんをもってきます。

するとスノードロップがとんできて、びんをのぞきこみました。

「わたし、これをとくべつおいしくする方法《ほうほう》を知《し》ってます！」

スノードロップの目《め》がキラリと光《ひか》ります。それから、花《はな》びらのスカートのあいだに手《て》を入《い》れて小《ちい》さなびんをとりだすと、なかに入《はい》っているピンク色《いろ》のジュースを少《すこ》しミルクにたらしました。とたんに、ミルクがうすいピンク色《いろ》になります。

ピンク色《いろ》のミルクを、ピュアは自分《じぶん》とリリー・ローズのカップにつぎました――妖精用《ようせいよう》に、四つのどんぐりのぼうしにも！

スノードロップがみんなにいいました。

「名《な》づけて、〈野《の》イチゴキラキラびっくりシェイク〉！　わたしのオリジナルレシピです！」

さっそく、ピュアはゴクリとのんでみました。あまずっぱくて、さわやかな味《あじ》！　あまりのおいしさに「わあ！」とさけびます。とたんに、ピンク色《いろ》のあわが口《くち》からシャボン玉《だま》のようにあふれ、テントの天井《てんじょう》まで広《ひろ》がると、こんどはあわがはじけて、ピンクのキラキラがふりそそぎました。

みんなが、クスクスわらいだします。

スノードロップが、まんぞく気《げ》にいいました。

「これが、野《の》イチゴキラキラびっくりシェイクの『びっくり』の部《ぶ》分《ぶん》です」

まもなく、みんなはチョコチップクッキーを食《た》べたり、野《の》イチゴキラキラびっくりシェイクのあわをふきだしたりしながら、さっきの恐怖《きょうふ》の冒険《ぼうけん》をくりかえし語《かた》りあいました。

三どめに話《はな》すころには、みんなの気持《きも》ちもおちついて、こんなふうに同《おな》じことを思《おも》っていました。

サルビアはほんとにほんとにあなの外《そと》にでられなくなるところだったけど、みんなでたすけることができて、ほんとにほんとによかった。あれは妖精《ようせい》の歴史《れきし》はじまって以来《いらい》の、アイデアと冒険《ぼうけん》だったよね！

クッキーがすっかりなくなって、野《の》イチゴキラキラびっくりシェイクのあわもなくなると、みんなはねぶくろにもぐりこみました。けれども、だれもがこの楽《たの》しい時間《じかん》をいつまでもつづけたくて、ひっしにねむくないふりをしていました。

「パジャマパーティーって、すっごくおもしろいね！　つぎはなにをしようか？」とブルーベル。

するとサルビアがクスクスわらいながらいいました。

「これから朝《あさ》まで、ひとりずつ、妖精《ようせい》の物語《ものがたり》をつくって話《はな》すのはどう？　まずは、わたしからね……ええと……むかしむかし……」

物語《ものがたり》はそこでとぎれました。サルビアがねむってしまったからです。そのときには、ほかの妖精《ようせい》たちも、ピュアとリリー・ローズも、ねむりにおちていました。


つぎの日《ひ》の朝《あさ》、ピュアとリリー・ローズは裏庭《うらにわ》にあるテーブルについてトーストを食《た》べていました。妖精《ようせい》たちは、ぼんやりした朝《あさ》の光《ひかり》をあびながら、テーブルの上《うえ》にある朝食《ちょうしょく》のあいだでのんびりしています。裏庭《うらにわ》も、そのむこうの野原《のはら》も、明《あか》るくしたしげに見《み》え、ほんの数時間前《すうじかんまえ》にはこわくてたまらなかったのが、うそのようです。しかも、あのおそろしい声《こえ》がただの風《かぜ》だったなんて。

ふいに、ママが家《いえ》のなかから、トーストのおかわりをはこんできたので、妖精《ようせい》たちはシリアルのはこのうしろにかくれました。万《まん》が一、ママに妖精《ようせい》のすがたが見《み》えていたら、たいへんだからです。

リリー・ローズがママに笑顔《えがお》でいいました。

「おとまりをさせてくれて、ありがとうございました。きのうはほんとうに魔法《まほう》にかかったみたいなすてきな夜《よる》でした」

それから、すばやくピュアにウインクします。

ママもにっこりして、リリー・ローズにいいました。

「どういたしまして。またいつでも来《き》てね」

ママがキッチンにもどって見《み》えなくなると、妖精《ようせい》たちがシリアルのはこのうしろからすがたをあらわしました。

さっそくサルビアとブルーベルは、マーマレードのびんをひっくりかえして、その上《うえ》にフォークをわたすと、シーソーにしてキャッキャとさわぎながらのりはじめました。

スノードロップはバターで「雪《ゆき》だるま」ならぬ「バターだるま」をつくっています。

デイジーは、ぬすみぐい。ジャムのびんによじのぼって、直接《ちょくせつ》ジャムをなめたり、人差《ひとさ》し指《ゆび》ですくって食《た》べたりしています。そして、びんのなかへどんどんのりだしていくうちに……！

「わっ！」

デイジーは、ジャムのなかにおちてしまいました。

ピュアがあわててスプーンですくって、デイジーをテーブルにそっとおきます。

デイジーがサルビアにいいました。

「ふう、こわかった。サルビアが木《き》のあなからでられなくなったときの気持《きも》ちがよおくわかったな」

すると、ブルーベルが口《くち》をはさみました。

「デイジーったら、ジャムのびんにおちたくらいのことと、きのうの冒険《ぼうけん》をいっしょにしちゃ、ダメだよ」

けれども、やさしいサルビアは「同《おな》じくらいこわかったわよね」といって、「それに、デイジーもあわてず、勇気《ゆうき》をもってがんばったわ」とつけくわえました。

デイジーがぱっと笑顔《えがお》になります。それから自分《じぶん》のほおについていたジャムを指《ゆび》でひとすくいすると、ぱくっと食《た》べました。

「うーん、おいしい！　野《の》イチゴキラキラびっくりシェイクと同《おな》じくらい、最高《さいこう》！」

そのとき、ピュアははっとしました。

「あ……わすれてた。野《の》イチゴキラキラびっくりシェイクに入《い》れたピンク色《いろ》の野《の》イチゴジュースって……ブルーベルのくさい足《あし》でつくったんだよね」

「ほんと？　うわ〜！」

リリー・ローズが顔《かお》をしかめます。

「あのね、こんどこそはっきりさせてもらうけど、うちの足《あし》はくさくないの！」

ブルーベルがさけぶと、ほかの妖精《ようせい》たちがクスクスわらいました。

「ごめんなさい、ブルーベル。ちょっとからかっただけ。もちろん、わたしたちは、ブルーベルのことがだいすきです！」

スノードロップはそういって、ブルーベルをだきしめました。ほかのふたりもくわわって、四人《にん》でぎゅっとだきあいます。

そのようすを、ピュアはにこにこしながら見《み》つめました。

わたしって、ほんと、ラッキー。ブルーベル、デイジー、サルビ

Breakfast
CEREAL
200g

ア、スノードロップというすてきな妖精《ようせい》と友《とも》だちになれたなんて。
そのうえ、リリー・ローズという新《あたら》しい友《とも》だちもできて！

妖精《ようせい》たちとピュアはまたひとつ、誕生石《たんじょうせき》を手《て》に入《い》れることができました。気持《きも》ちのいい日《ひ》の光《ひかり》にてらされて、オパールが美《うつく》しくかがやいています。

ピュアは思《おも》いました。

つぎはみんなとなにをしようかな。

きょうも、すてきな冒険《ぼうけん》にめぐりあえますように！

The End

ひみつのダイアリー

○月×日

パジャマパーティー、とっても楽《たの》しかったです！

妖精《ようせい》と人間《にんげん》の女《おんな》の子《こ》、ぜんぶで6人《にん》のパーティー。

もりあがらないわけがないですよね！(^-^)

びっくりシェイクも最高《さいこう》でしたけど、なにより、あの大《だい》ぼうけん。

くさりみたいにつながってサルビアをたすけたのは、

われながら、いいアイデアだったと思《おも》います。

（まくらカバーでゆうれいになったのも、おもしろかったです！）

ふわ〜あ。きのうは夜《よ》ふかしだったから、ねむくなってきました。

これからおひるねタイム……むにゃ。

パーティーの夢《ゆめ》を、見《み》られますように！

スノードロップ

Snowdrop

フェアリーヘアアレンジ特集《とくしゅう》

妖精《ようせい》★ファンルーム

今回《こんかい》のお話《はなし》も楽《たの》しんでもらえたかな？
妖精《ようせい》たちは、パジャマパーティーで
ヘアアレンジをしたのがとっても
楽《たの》しかったみたい！　ほかにもいろんな
ヘアアレンジを考《かんが》えたよ。
紹介《しょうかい》するね！

★サイドあみこみヘア★
みじかい髪《かみ》でもOK《オーケー》！
かわいいヘアピンでとめてね。

★ツインおだんごヘア★
ひくい位置《いち》でおだんごに
するとキュート感《かん》UP《アップ》！

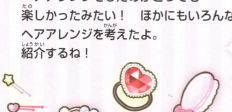

★夢《ゆめ》みるツインテール★

前髪《まえがみ》をゆるくあみこむのがポイント！

★ミニミニおだんごヘア★

高《たか》い位置《いち》で小《ちい》さくおだんごをつくって元気《げんき》ガールに！

★あこがれみつあみアップ★

みつあみした髪《かみ》を、シックなおだんごにまとめて。

★よそゆきハーフアップ★

サイドの髪《かみ》をねじって、うしろでとめるよ。

作　ケリー・マケイン　（Kelly McKain）

イギリスのロンドン在住。大学卒業後コピーライターとしてはたらいたのち教師となる。生徒に本を読みきかせるうち、自分でも物語を書いてみようと思いたち、作家になった。邦訳作品に「ファッション・ガールズ」シリーズ（ポプラ社）がある。

訳　田中亜希子　（たなか あきこ）

千葉県生まれ。銀行勤務ののち翻訳者になる。訳書に『コッケモーモー！』（徳間書店）、「プリンセス☆マジック」シリーズ（ポプラ社）、「マーメイド・ガールズ」シリーズ（あすなろ書房）、『僕らの事情。』（求龍堂）、『炎に恋した少女』（小学館）など多数。

絵　まめゆか

東京都在住。東京家政大学短期大学部服飾美術科卒業。児童書の挿し絵を手掛けるイラストレーター。挿画作品に『ミラクルきょうふ！ 本当に怖い話　暗黒の舞台』（西東社）、『メゾ ピアノ おしゃれおえかき＆きせかえシールブック』（学研プラス）などがある。

ひみつの妖精ハウス⑤

ひみつの妖精ハウス

真夜中のおとまり会

2017年11月　第1刷

作　ケリー・マケイン
訳　田中亜希子
絵　まめゆか

発行者　長谷川 均
編集　森 彩子
発行所　株式会社ポプラ社
〒160-8565 東京都新宿区大京町22-1
TEL 03-3357-2212（営業）　03-3357-2216（編集）
振替 00140-3-149271
ホームページ　www.poplar.co.jp
印刷・製本　中央精版印刷株式会社
装丁・本文デザイン　吉沢千明

N.D.C.933/143P/20cm　ISBN978-4-591-15621-6